진진욱 제15시집

정오의 숲속

이 도서의 국립중앙도서관 출판예정도서목록(CIP)은 서지정보유통지원시스템 홈페이지(http://seoji.nl.go.kr)와 국가자료종합목록 구축시스템(http://kolis-net.nl.go.kr)에서 이용하실 수 있습니다.
(CIP제어번호 : CIP2019050952)

진진욱 제15시집

정오의 숲속

한누리미디어

[2부]

[**3**부]

[4부]

[5부]

[6부]

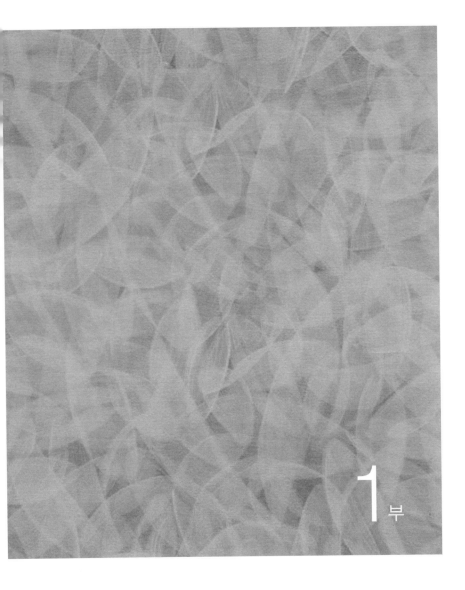

1부

탈도시 · 1

쭈삣쭈삣 송곳 같은 도시, 발길
옮기는 것조차
가슴 조아려야 하는
긴장의 블랙홀
이 도시만 벗어날 수 있다면
마음껏 뒹굴 수 있는 툭 트인
평원이 있으리!
아니면 시야가 절로 열리는 바다
바다라도 있으리!
숨이 멎기 전에 탈출하자
도시는 위험한 기구로 가득 찬
수위 높은 위험지대
거짓과 음해가 난무하는
특수공법의 새벽조차 잠들지
못하는 사각지대
날이 밝는 대로 뚫고 나가 보자

길의 철학

길은 만들면서 걸어야만 지치지 않고
걸을 맛이 난다
이미 놓여진 길에서는
주워 담을 것이 없기에

태양보다 앞서 걷는 지혜를 갖는다면
그가 쓸어갈 모든 걸
골라 퍼 담을 수 있음이니
게으른 자들이여 어떠한가

해와 달은 도둑놈이다
한 쪽 눈은 해
또 다른 한 쪽 눈은 달이며
생각은 별들

우주를 헤맬 것이 아니라
스스로 우주가 된다면
세상 부러울 게 없음 아닌가
꾸불꾸불하면 어때, 신나는 참맛인 걸

목 메인 뱃고동

뱃고동 소리마다 목 메여 운다
대만에서 오는 배냐
일본에서 오는 배냐
사연들 넘쳐
가라앉을 듯, 말 듯
온다던 그 사람 스쳐 갔는가
해가 뜨고
달이 지고
하루에도 몇 번씩 드나드는 배
소용없는 무심한 정
등대에 감겼는지
희미하게 희석된 부산 항구여!

호숫가에 앉아

하늘이 제 모습 보기 위해
눕혀 놓은 거울

부리로 콕콕 쪼며
무리지어 다니는 백조

시샘 많은 산
거울 살짝 가리고 있다

산사태 났다고 부지런히
뒷다리를 놀리는 물방개

누군가가 눈부시다고
연잎으로 가려 준다

대자연의 축소판
이곳만이라도 평화롭기를

폐쇄된 간이역

하루에도 수차례 온갖 애환 싣고
웃다가 울어대던 열차들 사라진
철로와 간이역만이
말문을 닫고 있다
하늘엔 흰 구름
만발한 코스모스 위 잠자리 떼는
알고 있을까
보따리를 이고 진 촌로村老들
간이역이 말문을 닫자 발길 끊어져
흘려놓은 사연들 뿌옇게 쌓인
이젠, 떠날 사람도 돌아올 사람도
그림자마저 자취를 뒤로 한 간이역

바다는 그리움의 대상

그리움에 생명을 불어 넣으려면
온몸 눈물로 채워라
자신도 모르게
가득 차오를 때까지 짜디짜게
그냥 맹물은 가벼워 증발하나니

지독한 그리움에 젖어 사는 습한
자들이여!
먼저 가려는 낙엽일랑 비껴 주고
그들을 뒤따라가면 마음껏 활개 칠
바다에 다다를 테니

시원찮은 허깨비 같은 기쁨보다야
하얀 이빨 드러내어
동족끼리 사연 풀다 보면
광활한 바다 짜디짠 소금꽃이 되어
자질구레 그리움 송이송이 피어나리

무정 無情

그가 떨군 여인은 어떤
여인이기에
눈알 가득 채워진 얼굴로
끝없이 펼쳐진 하늘에서
눈을 떼지 못 하는가

뙤약볕에 온몸
타 드는 줄도 모르는
해바라기
말문 닫힌 그를 위해
나팔꽃이 나팔을 불어댄다

어쩌다가 속세에 가세한
한 송이 산유화
그들을 올려다보며
혀를 끌끌,
떠가는 흰 구름만 보란다

묘연한 행방

이 몸 죽고 나서 누가 날 찾거든
평생 유격훈련만 하다가
먼 나라 전투, 파병 갔다 해 다오

바빠서 일일이 들러 인사 못 하고
도망치듯 한밤중
기약 없이 떠났다고 말해 다오

몸까지 벗은 완전 비무장으로
어느 나라 전투에 파견되었는지
귀신도 모르는 일

괴로웠던 삶, 한줌 재로 남기고
죽은 듯, 아니 죽은 듯
이승이 생각나면 곧장 돌아오겠지

환생문은 항상 열려 있어
어느 곳을 가더라도
어디 이승, 저승 따로 있는감

광란의 도시

네온사인이 도시를 덮치고 나면
거리마다 문둥이 춤에 익숙한
만취객들이 들끓는다
한 잔, 두 잔
한 병, 두 병 비우고 나면
엉금엉금 짐승으로 둔갑한다
여기저기서 괴성이 터져 나오면
기겁을 하고 종종걸음 치는
초라한 행인들

임금 적다고 데모할 때는 언제고
빳빳한 지폐로 술값 지불하는 건
개가 봐도 이치에 어긋난다
주정뱅이들의 아내들이여
옷가지 몇 벌 챙겨 어서 도망쳐라
식당 설거지 일이면 어떠랴
빌딩의 청소부면 어떻고
강아지도 대우 받는 세상
사흘이 멀다 않고 멍드는 여인들이여

고향 생각

양달쪽 밭두렁에 갓 피어난
립스틱을 안 발라도
속눈썹을 안 붙여도
인심 푸짐한
욕쟁이, 고향 아지매를 닮은
네 이름이 쑥이랬지
누가 아니래!
도란도란 땅속에서의 정담들
술술 풀어보렴
땅속에 들어가 본 적이 없는
내겐 몹시도 궁금하거든
어서 말해 주고
나물 캐는 아낙들이 오기 전
감쪽같이 숨어야 될 것 같네
내년에 다시 만나자
나는 그때까지 별을 헤아리마

생동生動

바다가 금빛으로 물든 아침
그의 반사로 확 트이는 마음
어깨에 날개가 돋치려 하는
상쾌한 이른 봄날 창문 밖

매일 보는 사물인데도
색깔이 달라 보이고
움직임들이 가벼워 보여
창조주의 요술이 의심스럽다

늦은 밤까지만 해도 요란하던
새소리들
오늘 아침 따라 늦잠을 자나 보다

이대로가 좋아요
이대로 영원을 바래요
새들은 꿈속에서 사랑을 하다
이제사 시뿌등 하나 둘 모인다

봉오리에 옴쏙 들앉았던 꽃들도
늘어져 자던 풀잎들도 질세라
여기저기서 시야를 좁혀 온다

해안가에서

우산 없이 고개 숙인 채
봄비 맞으며 홀로 걷는
여인의 사연은 뭘까
나도 한 때 저런 적 있었지
임을 떠나보내고 가슴 아파
봄비 맞으며 가슴 식힌 지
어언 반세기
우산을 받쳐 주랴!
떠나보낸 임도 저렇게
방황한 적 있었으리
방파제 끝에서 발길 멈춘
여인아
제발 뛰어들지는 말아다오
하늘이 맑게 개인다
한 번쯤 고개를 들만도 한데
목뼈라도 부러졌는지!
되돌아 사라지는 그의 모습이
애처롭다
부근에 찻집이라도 있다면
젖은 옷 마를 때까지
축축한 사연 들어나 볼 걸

바다

저 넓은 푸른 보자기 가득
무엇을 싸서
누구에게 전해 드릴까

아버님 살아 계실 적
그토록 맛있게 드시던
대구를 싸서 보내 드릴까

구순이 넘은 어머니께
이빨 없어도 드실 만한
간식거리를 보내 드릴까

보따리가 넓어 좋다
추억 속에 잠들어 있는
그에게 꽃다발을 보낼까

정오의 숲속

아무도 앉았다 간 흔적도 없는
숲속의 빈 의자
누가 누구를 위해 놓고 갔을까
아직 가을은 먼데
낙엽을 위해 놓아둔 건 아니겠지

봄바람이 앉으려 기우뚱거리다가
풀섶에 앉는 걸 보면
그도 벌써 알고 있나 보다
나무 위, 새 한 마리가 느낌표를
찍끔대는 한낮의 숲속

이맘때면 들릴 만도 한
종달새 소리
아마 그들을 데리러 갔나 보다
지상에도 견우와 직녀가 있나 봐
나무 뒤에 숨어 기다려 볼까

체크무늬 손수건 한 장 남겨 두고
훌쩍 사라진 초양이는
지금쯤 어디서 무얼 하고 있는지!
아무도 얼씬거리지 않는 숲속
그이라도 와 준다면 얼마나 좋을까

공백

밤의 창밖은 언제 봐도 쓸쓸하다
수평선도 지워지고
길 건너 서민 아파트 불빛들도
하나둘씩 꺼져가고
자정쯤이면
기다리다 지쳐 목이 늘어진 가로등과
나만이 남아 침묵에 잠기리

밤손님이 왔을까 아랫동네에 있는
이발소 개 울음소리가 요란하다
나만의 미니카페
베란다를 가득 메운 황색 불빛이
빈 찻잔을 핥는다
미리 귀띔을 했더라면 한 잔 더
준비할 걸

혼자는 외로워 둘이라지
주워다 옮겨 심은 호접란 두 포기
새록새록 잠들고
하늘에 뿌려둔 그리움들은
별들과 함께 도시를 떠난 지 오래

누군가가 한세상을 정리하나 보다
앰뷸런스 소리, 숨가쁘게 울어 울어

카페에서

통유리, 밖
푸른 종이를 펼쳐놓은 듯
잔잔한 바다와 이제 막
잠이 든 듯한 어선들

간밤의 어수선한 꿈들을
커피향이 지우고
음악이 지우고
바다 내음이 지워낸다

이 카페를 통째
에메랄드빛 바다로 옮겨
놓을 수는 없을까
잘 익은 태양도 있어

아래층 식당에서
텁텁한 선짓국 냄새와
컬컬한 어부들의 입담에
아침이 무르익는 항구

이 모든 소리와 정경들이

내가 살아있다는 사실을
살을 꼬집어보지 않아도
능히 증명하고도 남는다

친구 같은 계절

잊을 만하면 다시 오고
정들 만하면 소리 없이 떠나는
가만 있자! 누구더라

하얀 구름 타고 왔느냐
푸른 파도 타고 왔느냐
그래, 가을이랬지

색색의 꽃무리 피워 놓고
미련 없이 떠날 너
그 일도 쉽지만은 아닌 걸

나중 일은 서로 잊기로 하고
남들이 봐주든 아니든
분칠 한 번 신나게 해 볼까

붉은색이 좋으랴
노란색이 좋으랴
하얀 꽃잎에 그리움 새기랴

숙이가 함께 있다면
향기 더욱 그윽할 걸
돌아가면 숙이에게 안부 전하렴

수평선의 아침

수평선에 걸려 넘어오지 못하고
아등바등 대는 저 누굴까

수평선 아래로
땅굴을 파고 넘어오면 될 걸

수평선을 차고 오르는
태양에게 부탁하면 될 걸

바보 같은 걸 보니
숙이 아니면 애경, 아니면 초양!

갈매기들은 다들 어디로 숨었는지
신통부적이라도 보내 보련만

아침바다에 불붙었다
숙아! 애경아! 초양아! 어서 피하렴

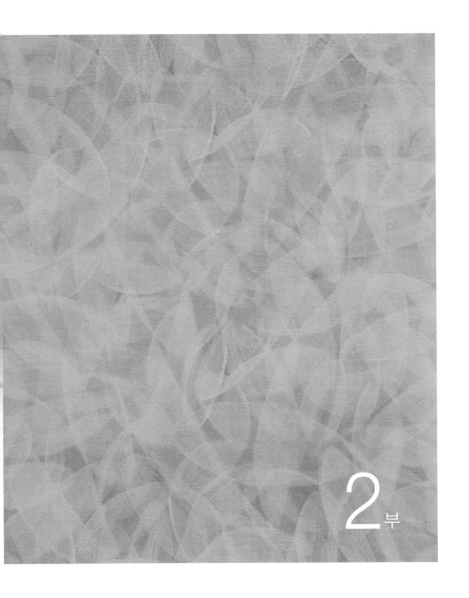

가랑비에 젖다

옛 생각들, 우산처럼 펼쳐들고
하염없이 걷노라니
움트는 싹들이 수군댄다

아무리 걸어도 묵은 그리움은
빗물에 씻기지 않고
시들은 잎처럼 되살아난다

빗물로도 지울 수 없는 상처
파노라마 속 여인들이여
나를 빗물처럼 고이 놓아다오

가랑비에게 당부하노니
이 다음 내 뼛가루가 뿌려지면
낱낱이 땅속에 스며들게 하렴

짧은 생이나마 꽃으로 태어나
그들을 즐겁게 해 줄 것이니
아무에게도 말하지 않은 소원

가랑비여!
아름답고 향기 넘치는 회귀의
꽃으로 다시 태어나게 해 주렴

홀씨

모이면 살고
흩어지면
죽는다

그럴까!

모이면 죽고
흩어지면
사는 것도

파란 우산

커피잔에 눈물을 타서
마셔 본 이 누가 있는가

파란 우산 속에서
노란 얘기 나눠 본 이 있는가

불 꺼진 가로등 밑에서
정신 빼앗겨 본 적 있는가

꿈은 언제나 물거품이면서
이 그리움 참 우습구나

오늘같이 봄비 오는 날
파란 우산을 쓸 누구 없을까

달이 차오르면
별들이 나를 또 괴롭히겠지

나비

초등학교를 둘러싸고 있는 꽃나무들
노을 질 무렵
운동장을 돌다보면 활짝 반기는
가지각색의 꽃들이며
지저귀는 새소리들, 이쪽, 저쪽
분주하게 꽃잎을 옮겨 다니는 나비
그들이 아니면 누가 나를 반겨주랴

나비에게 물어 보았지!
어떡하면 아름다운 날개를 가질 수
있느냐고
나비가 말했다
'무슨 재주로 사람이 되었냐' 고
그도 나처럼 욕심이 있나 보다
대답 없는 나를 두고 휑하니 날아간다

입추

어디서 누군가가 오는 모양
들판의 알곡들이
줄 지어 목례를 하고 있다

소달구지를 타고 오는 걸까
돌멩이가 없는 요즘 시골길
행차라니!

먼 남쪽에서 오는 건지
아니면 북쪽에서 오는 건지
누구 아는 사람이 없다

여름이 꼬리를 감추고 난 뒤
박하사탕 같은 바람의 향기
무슨 계절이기에

그래, 하늘에서 가을의 여신이
오고 있는지도 모르지
갓 물든 나뭇잎 하나 내려선다

옛 생각

가을 별들이 총총 박혀, 하늘에
빈 공간이 없을 때쯤
비파 하나 달랑 들고 찾아온
노걸객老乞客
한 끼 허기를 면하려
대청마루에 걸터앉아
지그시 눈 감고 비파를 켠다
그가 가진 유일한 재산
몇 곡을 켜고 나더니
허기를 좀 달래잔다
생선국에 김치와 멸치 젓갈
하얀 쌀밥이 운 좋은 하루
어린 나이에 무슨 곡인지
어찌 알랴만
허겁지겁 찬 그릇까지 비운
노인은 잠자리까지 구걸
맘씨 넉넉하신 할머니께서
사랑방을 내어주셨다
전쟁이 남긴 후유증!
지금도 생생하다
비파 하나가 전재산이었던
방랑 노인의 초췌한 그 모습이

밤차

해바라기들의 얼굴이 까맣게 타면
여름은 죄인처럼 달아나 버리고
헐렁해진 지상
하늘은 더 한층 높고 푸르다

밤공기 속, 불명의 낯선 향기가
코 앞에서 서성이면
가을을 기다리던 자들이여!
삐걱거리는 가슴을 활짝 열어보라

살랑살랑 바람이 불기 시작하면
새로운 장면으로 바뀌려는 낌새
무대가 바뀌고 나면, 또다시
긴긴 날 그리움과 싸워야 함이니

가을은 헤어짐도 많지만 만남 또한
빼놓을 수 없는 계절
늦은 밤, 기차를 타고
시골역에 내려 하늘을 바라보라

어정거리다 놓쳐 버리면 후회할 일

가슴 속에 숨겨 두었던 이름이나
아니면 그리움의 노래들을
별들에게 들려주면 그들도 좋아하리

기적소리

저 바닷물이 마르면
너를 잊으마

저 달과 별들 모두
사라진다면
영영 너를 잊어주마

나는 황천길로 가며
너를 잊지 않으리

기적을 울리며 다가오는
열차에 네가 있기를
간절히 바란다

박동하던 심장이 활활
불이 붙어 이 어쩌나

멀리서 울지 말고
곁에 와 실컷 울어라
나도 함께 울어 주리니

쉼 없이 우짖는 까치
너의 전갈이면 좋으련

뒤따라온 까마귀야
누구의 어떤 전갈인지
속 시원히 털어놔 보렴

한세월

행인들보다도 많이 북적대는
거리의 누런 낙엽들
한 세상 끝에서 고민한 흔적
사람이라고 다르랴

잘 가라 아우들아!
비록 몸과 마음은 달라도
우리들과 같이
꿈과 희망을 갖지 않았던가

사방에서 숨 끊어지는
애절한 소리
설움 북받쳐 새들도 울고
삭정이도 잘 가라 손 흔드는

누가 가을을
이별의 계절이라 하였는가
우리가 바라던 계절이
이다지 허무하다니

환호 속 곱게 물든 단풍잎들도

언젠가는 맞을 숙명
거부한들 누가 구하랴만
다시 태어남에 안녕을 미룬다

순심이꽃 · 1

요양보호사 공점자 선생이
식구 한 명 데리고 왔다

혼자 산다고
외롭게 살지 말라고

새 식구는 발길 뜸한 숲속
그도 혼자였다는 귀띔

성도 이름도 없는 그에게
새 이름 하나 부여했다

얌전해 보이는 걸 보니
다행히 여자인가 보다

꽃술에 코를 갖다 대면
아껴둔 향, 술술 내뿜는 매력

그는 왜 깊은 산속에서
홀로 살았을까

그렇지!
오히려 그가 내게 물어 볼 얘기

꽃이여, 내 마음 가득
향기를 채워 우리 부부로 살자

순심이꽃 · 2

내가 지은 이름하여 순심이꽃
아무에게나 정주지 않는
누구에게나 향기 건네지 않는
나만의 꽃

새벽 일찍 일어나기 바쁘게
그에게 다가가면
그는 언제나 나 먼저 깨어
밤새 꾼 꿈 얘기 들려 달란다

벌겋게 달궈진 가마솥 같은
더위가 오면, 떠나야 한다며
아쉬움 남지 않게
일찌감치 가슴에 담아두란다

내게 묵은 그리움 있는 줄
그도 알았는지
한꺼번에 지면 힘들까 봐
나 몰래 하나씩 꽃잎 지워가는

순심아!

오늘이 음력 오월 열아흐레 날
그믐달이 지면 오월이 가면
네 빈자리 허전하기도 하겠다

순심이꽃 · 3

그는 나에게 제2의 숙이
아니, 50년 가까이 잊지 못하고 있던
숙이 생각을 말끔히 지워 낸 화신

피고 지고 지고 피기 6개월째
하루 종일 하는 일이래야 시 짓기
아니면 음악감상, 나머지는 순심이 곁

표정이 고우면 마음도 곱다지
그래서일까
수많은 봄꽃이 감쪽같이 사라진 이때

사람 수명을 백 년이라 치면
그의 수명은 네 곱절이나 되니
누구 순심이꽃을 아시나요

저승으로 떠났다던 숙이가
순심이로 환생하지 않았다면
이다지 나를 사로잡을 턱이 없지

실내 모든 불을 끄고 조명등 하나면
그의 아름다움은 더욱 번져
자정이 넘도록 곁을 떠나지 못한다

유월을 맞으며

새삼스레 새롭게 느껴지는
이른 아침

삭막한 구조물에 갇혀 있던
마음이 활짝 열린다

근간에 하나, 둘, 늘린 화초들
그들도 어느새 정이 들었나 봐

이런 게 행복인가 보다
차 한 잔 곁들인 상큼한 여유

가로수 숲을 휘휘 젓는 새들의
화음까지

동녘의 조명과 베란다의 식구들
유월을 붙들고 싶다, 영원토록

국화 묘종

하늘에는 더 이상 볼 게 없어
낮은 자리
화분 몇 개에 나눠
정성스레 심었다

별을 헤아리는 마음으로 자고 나면
가까이 두고 바라볼 수 있기에
애타게 밤하늘을 뒤적이지 않아도
그리움, 활짝 피울 수 있기에

구, 시월이 되면 송이송이 만개할
기대에 부풀어
찾을 수 없는 님 대신 쌓인 이야기들
주고 받을 수 있어 좋겠다

어떤 색조를 띠고 만개할 줄 모르지만
화장기 없는 하얀 얼굴이면 좋으련만
상기된 얼굴은
나 하나면 되니까

밤 늦게까지 묘종 작업을 끝내고

조명등을 밝히니
금방이라도 터져 나올 듯한 그리운 임
부디 그녀의 해맑은 얼굴로 피어나길

고즈넉한 들녘

저요
저요
여기요!

깜찍한 꽃들이 곳곳에서
제 이름 불러 달란다
뭐라고 불러줘야 하나

쌀알보다 작은 꽃잎 다섯
잘못 부르면
자존심 세상에 그들 역시

내가 누구라고 부르라면
한 번씩은 불러주고 싶지만
표정으로 말을 하니, 도저히

그중
아는 친구도 더러 끼어 있다
민들레며 초롱꽃

꽃잎보다 꽃술이 긴 꽃은
뽐내기를 좋아하나 보다
사람이든 뭐든 그건 아니지

봄 여름 가을

하나 둘 떠나는 봄의 이미지들끼리
어디서 왔다가
어디로 가는 걸까

쉽게
짧게
꽃으로만 살다 가려 작심하고 왔을까

퍼렇게 멍든 이파리들만 남아
생명의 끈을 놓치지 않으려
몸부림치는 얄궂은 계절, 유월

까마귀가 짖어대는 걸 보니
금년 여름도 꽤나 뜨거울 모양
충혈된 벚나무 열매들도 타들기 시작

땅바닥에 S자의 주검을 내던진
지렁이와 함께
유월이 간다, 어디로 가는 걸까!

그렇겠구나 7월
7월에서 8월, 구월 시월이 사라지면
신록들은 이듬해까지 전설이 되겠지

영원한 동반자

잔잔한 강물처럼 음악이 흐른다
물새가 사푼히 내려앉고
강변에 젊은 여인들의 다정스런 모습
그들의 작은 속삭임 귀를 간질인다

가을하늘에 수놓인 하얀 구름떼
몽실몽실 제 얼굴
거울 보듯
강물을 들여다보는 오후쯤

나는 강물소리 들으며 나 또한
강물이 되어 본다
이대로 가면 남태평양을 질러
낯선 섬나라에 닿으리

음악이 흐른다, 잔잔한 강물처럼
돛단배는 상류로 오르고
아이들은 모래섬을 쌓느라, 작은
조막손으로 모래를 떠다 나른다

살으리

살으리
죽는 그날까지 지금처럼 살으리
음악이 떠나자면 나 함께 떠나리

섬마을

바닷물이 빠져 나간 마을 앞 개펄
어구를 실은 어선들과
바닷물이 다시 차오를 때까지
자투리 시간을 활용
장기, 바둑, 낮잠, 어구를 손보는
일손들
그늘진 정자나무 아래서 오수를
즐기는 구릿빛 얼굴들
뱃전에 세워 둔 만선의 깃발들도
만선의 꿈을 꿨는지 펄럭이는 개펄
멀리 물가에 까지 내려간 아낙들
무엇을 캐 올리는지
활대처럼 굽은 허리가 지키는 한
섬은 살아서 퍼덕일 것이다

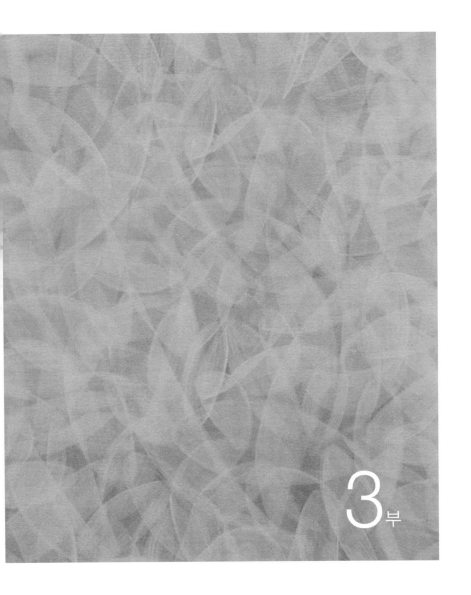

3부

나무들의 생각

요란하고 무질서한 세상 가운데
묵묵히 서 있는 나무들

그중 어느 나무에게 물어 보았다
다리가 아프지 않으냐고

또 다른 나무에게는
세상 돌아가는 것이 궁금하지 않느냐고

처음 물어 본 나무가 말했다
가만 있으면 아무도 건드리지 않는다고

다음 나무가 덩달아 말했다
보기 싫어 눈을 없애고, 듣기 싫어
귀를 없앴다고

나는 또, 두 나무에게 다시 물었다
세상에서 가장 무서운 게 뭐냐고

그들이 함께 말했다
벌떼보다 무서운 게 사람들이라고

소생

산책 중, 풀섶에 버려진 난蘭
행여 살아나려나 하고 가져와
노란 잎들을 잘라내고 보니
남은 잎이래야 겨우 셋

화분에 심으면서
반신반의
살면 다행, 죽으면 그만이라고

다른 화초들만 관심을 가지다가
오랜만에 그를 살펴보았더니
빳빳한 새 잎, 무려 3센티미터나

부지런히 살펴줘도 병
게을리 방치해도 병
내버린 주인이 그중 하나겠다

평생, 소원 하나 이룬 적 없는 나
이라도 쑥쑥 자라
꽃 활짝 피워 주었으면
가을바람도 신기한지 어루만진다

궁금증

뜰안의 수많은 꽃무리들 중
초라하게 보이는 외톨이 화초
그러면 안 되는 줄 알면서
포기째 뽑아 화분에 옮긴 지 넉 달째
도대체 누굴 찾아 나선 것일까

다른 줄기들은 한 뼘 크기로
제자리걸음 중인데
유독 한 가닥 잎줄기만은
글쎄 어디로 가려는지 길이가
무려 92센티미터
무슨 사연이 있기에 남 몰래 슬금슬금

이름을 몰라 출근한 요양사에게
물어봤더니
안개꽃 같단다 지금이 가을
내년 봄이면 그의 정체를 알겠지만
겨울밤 아무래도 나, 잠 못 이루겠다

가을

하늘이 속옷까지 홀랑 벗었다
그 알몸
배꼽 한 번 눈부셔
어디
나도 홀랑 벗어볼까
어느 여자가 말했지
내 배꼽이 참 우습게 생겼다고!
이런 날
나도 벗고 하늘과 함께
4분의 4박자로 뒹굴어 볼까
번갯불 팍팍 튀겠지
그 여자가 한 말, 후회하겠지

꽃에 대하여

꽃처럼 살다 지면 어떨까
예쁘지 않아도
향기 나지 않더라도

시들시들 오래 사는 것보다
잠시 아름다운 모습으로
세상 맛만 보고 가면 어떨까

귓속말조차 하지 않는 꽃들
주는 대로, 받는 대로 살다가
하나씩 내려놓으면 말이지

나는 세상 그 누구보다
꽃으로 배운 것이 많으므로
지는 것을 두려워하지 않는다

끝없는 세월
지구가 산산 조각나도
영원히 변치 않을 것 같은

정도를 알면
지나치지 않으면
아름다운 꽃으로 질 수 있다

별 대신

별들이 꼬리를 감춘 하늘 아래, 대도시
칠흑보다 답답하다
이제 붙들고 매달려야 할 곳은 단 한 곳
두메산골
돌배, 돌복숭아, 산딸기, 뱀딸기, 밤나무
사람들의 손을 타지 않아
수줍어하는, 수 없는 꽃들까지 모여 사는
그곳이라면 남은 삶을 맡겨도 되겠지만
도시의 때를 끼얹고 있는 나를 받아줄지
집안에 키우는 화초들이 있어 다소나마
그들의 향기로 하여 땟국 냄새 덜하다만
아무래도 별 없는 하늘 아래는 아닌 걸
여유가 있다면 온 집안 천장에 별 대신
조명등을 달아보련만 어디 별들에 비하리
생풀 뜯어다 모깃불 피워 놓고
어머니와 둘, 평상에 앉아 헤아리던 별들
도시는 점점 어디로 가려는지
비뇨기과에 가면 도시도 포경수술이 될까

가을밤

허리 굽은 저 달은
안겨주는 산이라도 있다만
그래도 덜 굽은 내 허리
왜 아무도 없을까
별들이 내려다보고
쑥덕쑥덕
집 나온 여인, 그 누구 없소
베개는 하나다만
팔이 두 개나 있지 않소
맛을 봐야 진맛을 알지
덜컹덜컹
누군가가 창문 사이로 빼꼼
들여다보는 낌새
여자들도 가을을 타나 보다

얼굴

잊으려 다짐해도 쉬 잊혀지지 않는
나의 영원한 그리움 하나
민들레처럼 모질게 버텨온 세월
올봄부터는 1년 내내
이름 모르는 꽃만 찾아다니며
그녀와 얼굴형이 흡사한 꽃에게
이름 하나 지어주려고 한다
최영숙

나 죽으면 그 꽃 주위에
유골가루 뿌려달라고 동생들한테
유언도 남겨야겠지
순박하면서 아름다운 꽃이면 되리
향기는 없어도 방실방실 웃는 꽃
밤이면 별들 총총 보이는 하늘 아래
야트막한 양지바른 곳에 핀!
어디부터 가야 그런 꽃을 만날까

겨울밤은 왜 이다지 길어
잠 못 이루게 하는지 야속도 하다만
추억을 더듬어 생꿈이라도 꿀 수
있는 게, 그나마 다행
먼 산, 잔설이 녹으면 슬슬 나서봐야지

환상

활짝 열어 둔 창문으로
솔솔 불어오는 가을바람과
클래식 음악
마음속 하얀 꽃구름 떠오른다

이 기분, 영원히
머물 수 있다면 얼마나 좋으랴
모모여!
떠날 때는 나와 함께 떠나자
어디로 가서 어떻게 지내든

그럴 수 없다면
천사 같은 네게 부탁하나니
이 계절이 가시기 전
오래 전 떠나보낸 임에게로
날 데려다주면 안 되겠니

창가에 앉아

가을 볕살이 따사로이 내리는 창가
산에서 내려온 바람은
숲으로 가 보라 하고
수평선을 넘어온 바람은
바다로 가 보라 하여
전깃줄에 앉은 까마귀에게 물어보니
저만 바라보고
아무데도 가지 말라 하네
재잘재잘
선생님 따라 어디로 가는 건지
귀여운 병아리들의 종종걸음 위로
점점이 하얀 구름 유난히 눈부셔라
저, 고약한 까마귀!
나 혼자 앉혀 놓고 무정스레 떠나네

상사화

누구의 심장이 빨갛게 터져 나와
애달픈 꽃이 되어
하늘만 바라보는 걸까!

나, 수년 동안 목이 빠지도록
하늘을 뒤졌지만, 아무도 없었지
상사병으로 죽었다는 죄책 때문에

그 여자라면
나 여기 이렇게 아주 가까이 있는 걸
모를 리 없을 텐데

흐드러지게 피어 있는 걸 보니
세상에 나 말고도 무정한 사람들이
허다한가 보다

모르리, 모르리!
서터만 눌러대는 야속한 저 사람들은
그리움의 아픔이 얼마나 지독한지를

봄, 가을

기다리게 해 놓고
슬쩍 지나치는 계절
왜 그렇게 급할까

마음 단장
옷 단장
바쁘게 시키더니

꽃과 나비
벌떼들만 데려 놓고
변덕스런 계절이여

엉덩이 무거운
여름이나 겨울처럼
그냥 주저앉으면 될 걸

하룻밤만
더 자고 가면 될 걸
손수건 흔들 사이도 없이

구절초 사연

저희들 이름이 구절초래요
사람들이 그렇게 불러요
딱 맞아요
저희들 사연이 구구절절하니까요
도시로 나간 친구들 모두
소식이 없어요
멋 모르고 바람 따라 간 뒤부터
영영!

가을 볕살에 활짝 웃어야 할
구절초꽃!
그냥 보기엔 웃는 것 같지만
아닌가 보다
꽃들마저 왜 도시를 싫어하는지
순백 아닌 창백, 도시로 가는
바람이 언제 불어 닥칠지 몰라
경계하는 모습들이 예사롭기만

노인과 고양이

고양이가 노인에게 눈빛으로 말했습니다

'할아버지!
저 너무너무 슬프고 무서워요
밥그릇도 요때기도 다 뺏기고
애견 때문에 쫓겨났거든요
겨울이 곧 닥쳐올 텐데
머물 곳도 아직 못 정했으니
어떡하면 좋아요
제 친구들도 모두 쫓겨났어요
친구들이랑 저 좀 도와주세요'
네, 할아버지!

노인이 말했습니다
고양이야! 나도 혼자 힘들게 산단다

밤비

가을밤이 저 홀로 울음 울어
쏟아내는 눈물
어디에 감추었다 쏟아내는 걸까
까맣게 타 버린 가슴 가득
그것이 모두 눈물이었나 보다

가을밤이여!
네가 울면 따라 울 사람, 어디
하나둘이랴
가로등도 따라 울고
항구를 떠나는 배들도 울고

몇 날 밤을 울어도 소용없는 줄
나는 진작부터 알고 있기로
울지 않으려 몇 번씩이나
혀를 깨문 사연 너는 모르리
온종일 실컷 울었으니 가슴 닫으렴

삼백예순날을 운다 해도
끊어진 인연 이어질 수 없음에
숨겨 둔 사연
속속들이 나 어찌 알겠냐만
그게 그거겠지, 나의 옛 사연처럼

거울 앞에서

넌 누구냐
거울만 보면 나타나는
이 도적 같은 늙은이야

면도를 해도
머리 빗질을 해도
따라 하는 이 도깨비야

나는 어머니 생각으로
눈시울 붉히지만
너는 또 왜 그래

네 꼬락서니를 보니
모진 풍파 헤쳐 왔음이
활동사진 보는 것 같군

끼니때가 되었다만
수저가 한 벌뿐이니
어쩐다지

아침 정경

아침 햇살과 함께 쏴—
박하사탕 같은 가을바람

가물가물 수평선 따라
화물선마다 불 붙었네

눈 앞에 보이는 오륙도
누굴 기다리는지

씽씽 달리는 시내버스
꿈이 한 가득

무단횡단하는 길고양이
걸음아 날 살려라

푸드덕, 까치 한 마리
전신주에 내려앉는다

안녕, 그리움

그토록 무겁던 마음
가을비 따라
주저앉는다

빗방울처럼
시원스레 터지는
그리움

빗물과 어울려
이들이 가는 곳이
강이나 호수뿐이랴

깃발 젖은 밤배를 타고
울먹이며
또 울먹이며 갈 줄을

가는 곳 뉘 알리오만
이럴 줄 알았으면
승선표 한 장 사둘 걸

아니지!
모르는 척
미련 없이 보내야지

4부

비움

비 그친 한낮
강으로, 바다로, 일부는
나뭇잎과
거미줄에서
영롱한 모습으로 멈췄다

비워야만
빛을 발한다는 소리 없는
그들의 메시지
행인들이여
유심히 볼지다

왔던 길, 하늘로 오를 것 같은
빗방울
아니라네
보다 더 낮은 곳으로 가려
잠시 망설이는 중

채워도 모자라
남의 그릇까지 빌려 채우려는
얼간이들이여
오장육부는 가벼워야 좋고
마음은 맑아야 빛이 나는 법

여정 旅程

삶이 우리를 섭섭하게 한다 해도
원망하면 안 되지
강을 건너기까지는
우리는 그들의 종이니까

숫자에 얽매이지 않아도 될
병고와 빈곤과
이름마저 없어도 되는 세상
그곳이 우리를 기다리고 있기에

형체 없는 악기소리와
형체 없는 꽃향기며
형체 없는 새들의 소리, 소리들
꿈만 같은 영원한 안식처 아닌가

나는 일찍부터 그곳으로 가기 위해
예약을 해 두었으니
짧은 한 생 참고 견디면
나도 가리, 너도 가리, 모두 다 가리

이 비가 그치면

가을비는 그리움을 안고 살아가는
모두의 눈물이지요
목 메일 것 같아 하늘이 대신
울어주는 거래요
우산 없이 그냥 걸어보세요
그리고
비에 젖은 나뭇잎일랑
밟지 말아요
그들도 한동안 나무에 매달려
그리움의 노래를 부르다 지쳐
주저앉은 거니까요
이 비가 그치고
밤하늘이 말갛게 펼쳐지면
눈물의 씨앗들이 보석처럼 찬란히
아픈 마음 달래주겠지요

별 하나
나 하나

나 하나
별 하나

별이 된 그녀

그 숲에 가면 나무보다 앞서
그리움 쑥쑥 자라고 있다

하늘도 아는지
무한공간을 열어두고 있다

별에 가 닿으려면 부지런히
눈물 펑펑 쏟아 부어야겠지

가을이면 비늘처럼 떨어지는
낙엽일랑 연연치 말자

내가 살아가는 이유는
그리움을 별에게 전하기 위함

오늘도 숲에 다녀왔다
목이 마르다기에 눈물 뿌렸지

그녀는 지상을 내려다보며
지금쯤 무얼 생각하고 있을까

겨울밤

목이 타들도록 불러보고 싶은
이름들 가슴 가득하지만
울컥울컥 눈물 쏟아질까 봐
혀를 깨무는 밤

민들레 꽃씨, 바람에 날려 가듯
모두들 어디로 가서
어떻게 지내는지
아는 듯, 모르는 듯, 별빛들이여

이제나 저제나 그중 누구 하나쯤
소식 올까 봐
한겨울에도 창문 활짝 열어두면
찬바람만 쌩쌩

훗날 나 바위섬 되어 기다리리니
하나같이 갈매기처럼
찾아와 주렴
파도는 춤추고 우리들은 노래하고

그때까지는 이대로 기다려 보리다

어느 봄날 꽃봉오리 툭툭 터지면
소식 있겠지
목련꽃이랴 아니면 진달래꽃이랴

탈도시 · 2

자연의 소리와 향기를 잃어버린
도시가 왜 발목을 잡고 있는지
나 하나 없어도 될 법한 도시

7월의 푸른 갈대가 서걱대는
그곳이 그립다
그 옆으로 흐르는 강이 그립다

까마득 넓은 연밭, 연꽃들의
속삭임과
복숭아 익어가는 과수원이며

오래 전부터 볼 수 없는 별들
고향 하늘에는 북적대겠지
읍내 목마다방은 그대로 있을까

며칠 동안 눈 앞을 가린 안개
도시는 점점 의문만 낳는다
소문 따라 왔다가 눈물 글썽글썽

그러기에

당신이 있어야만
열차가 움직이고

당신이 있어야만
여객선이 떠난다

당신이 없으면
하늘도 바다도 없고

당신이 없으면
모든 게 무용지물

당신과 나를 위해
알프스가 기다린다

당신과 나를 위해
쌍두마차가 기다린다

비행기를 보내주랴
크루즈선을 보내주랴

빈 액자마저
기다림에 지쳤나 보다

굶주림

새떼 한 무더기 하늘 높은 줄 모르고
급상승한다
무엇 하려 위험을 무릅쓸까
내릴 비 다 쏟아낸 하늘
막힌 곳 없어 끝 간 데까지 오르겠다
계절을 짊어지고 올 텐가
지상의 비리를 일러 바치러 가는 건가
하늘에 하나님이 계신댔지
부처님도 계시고!
두 분, 마음 맞춰 지상의 착한 자들께
복을 내려 주실 만도 하건만
어찌된 영문인지 아프리카를 버리다니
이곳은 먹는 것보다 버리는 것이 많아
골칫거리니 망설이지 말고
하나님도
부처님도
안과를 가시든, 이비인후과를 가 보시든
정밀검사를 해 보시는 것도 급선무겠지

수평선의 아침

청잣빛 접시에
덩그래 올려진
잘 익은
앵두 한 알

시詩에게

이 눈치 없는 친구야
너는 내가 밉지도 않느냐
수십 년 함께 살아봐도
깨알 같은 재미는 고사
물에 물 탄 듯
술에 술 탄 듯
특출한 시어라곤 없는
맛 없는 시
나보다
네 성격이 잘못이야
더 이상 인연 지어 뭘 하나
누구에게도 도움 안 되는
너와 나
아무도 없는 곳에 가서
자살해 버릴까
처음에는 죽도록 아낀 사이
언제부터
금이 갔는지 모르겠다만
못 다한 사연
죽고 나서 하기로 하고 어서
목 매달러 가자

오늘 밤만 해도 그렇지
초저녁부터
지금 시간이 새벽 네 시
잠도 못 자고 이게 뭐냐
너나 잘 살거라
나! 지금 죽으러 감세

맥문동

교만과 시샘과 욕심 없는
너로부터 비로소
지난 일들을 후회한다

생로병사에 대하여
석가모니도 아리송했던 걸
초불草佛이여! 초불

네 자성自性을 관철
몇 년을 지켜보고는
깨침은 내가 앞섰네

이쯤, 너무 늦기는 해도
남은 삶이나마
너를 부처로 삼으련다

사시사철 마냥
고개 쳐들지 않는 네가
종교의 한 수 위

내 한 줌 재를 네게 공양
어리석음으로 지은 죄
부엽토가 되어주리라

정열의 꽃들

강추위 속에 피는 동백꽃의
내력을 아는가
뙤약볕 속에 피는 칸나꽃의
내력 또한

그들이 함께 피지 않는 게
다행스럽다
잊혀질 듯하면 동백꽃이
다시 잊혀질 듯하면 칸나꽃

동시에 핀다면
그들의 행위에 세상 식물이
다 타 버릴, 아니
세상 모든 게 녹아내릴지도

동백은 여자
칸나는 남자
계절은 그래서 둘 가운데
봄을 끼워 놓았나 보다

살붙이

자식을 낳아 기르랴
화초를 심어 기르랴

자식은 늘 곁에 있지 않으나
화초는 늘 곁에 있어 좋으매

자식 몫, 친구 몫
애인 몫까지 다해 주는 정감
보면 볼수록 끌리는 마음
어디에 비하랴

꽃이야 피든, 안 피든
향기야 있든 없든 늘 푸른

자고 나면 맨 먼저 반겨주는
그들이 있어 생기를 받는다

정성을 들이는 만큼
은혜를 베푸는 효심

사람보다 먼저 일어나
사람보다 나중 잠드는 화초여

꿩 대신 매

그리움
그리움
반세기 동안 애끓던 그리움

영영 돌아올 수 없는 그녀를
생각이란 게 붙들고 있던
애물단지

보일 듯, 말 듯한 연
이제
연줄을 끊으련다, 영영

화초
화초
진작 이들을 만나야 되는 걸!

늘 곁에 있어 생각의 끈을
놓치지 않게 하는
화초들이여

이름도 각각
모양도 각각
누구 나를 잡놈이라 해도 좋다

수국에 대하여 · 1

아파트 단지를 돌 때마다
낯선 꽃무리
이름 하나 지어 볼까 해도
그가 사양할 것 같아 제쳐둔
의문의 꽃

오늘 아침 따라 한껏 봄내음
채우고 있는 그
유심히 바라보고 있노라니
교회버스를 기다리던 여인이
이름을 알려 준다

수국!
내가 아는 이름이 아니라고
말하기 바쁘게
수국도 여러 종류라며
꺾꽂이도 잘 된다고 꺾어 준다

일요일 아침, 새 식구 하나
인연 지어
화분에 터를 잡아주며 당부
아들, 딸이 되어
내 곁에 꼭 머물게 해 달라며

수국에 대하여 · 2

잎이 보이지 않을 정도로
만개한 꽃
조선시대 인심 좋은
시골 아지매의 펑퍼짐한
엉덩이 같은 몸새가
와락 끌어안고 싶어진다

홀아비가 사는 좁은 베란다
문을 열고 나가면
할 말이 꽤 많단다
읍내 장에서 못다 푼 푸념
색깔마다 다른 언어들
버스 안, 고등어 한 손
두고 내린 이야기 등등

꺾어 올 때
서러워, 하도 서러워 눈물마저
말랐던 그가
이제 제법 정이 붙었나 보다
초여름 바람에
슬슬 흔들어대는 꽃송이들
보라색 아침이 흥을 돋군다

자목련

시장거리에서 버스 안에서 또는
지하철이며 백화점을 다녀 봐도
수 천만 얼굴 중 그녀는 없었네
거대한 투망이라도 쳐야 할지!

그를 찾는 일이 생업이라서
반듯한 잠 한 번 자 본 적 없는
새우 같은 잠으로 보낸 세월이
자목련이 피기, 마흔 일곱 번째

그에게 숙이를 보았냐고 물으면
못 보았다고 가지마다 손사래
돌아가면 찾아보겠단다
내년에는 꼭 소식 안고 오겠단다

뜨락

이파리 넷에 꽃잎 다섯
한 마을씩 이루어
한가롭다

가는 이, 가든 말든
오는 이, 오든 말든
뭐라고 대화라도 하고 싶다만

짧게 얻은 삶
오래 살면 뭐하느냐는 듯
봄바람과 함께 소근소근

이렇게 살면 되는 걸
유세 떨지 않아도 되는 걸
오늘 따라 유난히 노란 메시지

이놈 봐라
너도 느낌이 오느냐
네 이름이 고양이랬지, 그지

몇 층에서의 코르스일까
바하의
'눈 뜨라고 부르는 소리 있어'

5부

가을밤

숨어 우는 귀뚜라미 소리가
내 목멘 울음과 같아
밤이 깊어 갈수록 서러워라

우리가 어쩌다가 임을 잃고
가을 깊은 밤
사연, 사연 토해 내는가

하늘은 몰라라 뒷걸음치고
별들마저 사라진 도시에서
길 잃은 너와 나

거리 곳곳의 수많은 가로등
그들은 세세히 알고 있으련
고개 숙인 채, 묵묵부답

오늘 따라 간이역의 기적소리
구슬피 들려
가을 소야곡에 저리는 가슴

막차가 막 떠난 버스정류소
빈 의자 위에 떨어진 오동잎
한 장은 누구의 손수건인지

가을, 시인의 소리

자물쇠로 가을의 문을 열었더니
소나기에 씻긴 하얀 구름 사이로
목을 내미는
10월의 초승달이 지상을 밝힌다

먼 데 철새들이 제철 준비에 한창
그들의 날개바람이 예까지 와
조금만 기다리라며
전령 같은 나뭇가지를 흔들고

숲은 숲대로 가을 만찬 준비를
먼 강은 강대로 서두르고 있다
무엇을 익히려는지 서녘의 불길이
은근하게 타고 있는 해질 녘

이게 다 누굴 위한 준비 다더냐
가을벌레들이 언제 왔는지
군침을 삼켜댄다 설레는 자들이여
일만 개의 별만 헤아려 보렴

가을의 서곡序曲

산사山寺에서 울려 퍼지는 저녁
종소리
어찌 그냥 종소리라 부르리
낙엽 지는 소리와 어울려
모두를 잠들게 하는 클래식
장송곡 같기도 해서
차분히 감상하노라니
고요가 흐르면 흐를수록 붕—
저절로 공중에 뜨는 나
가을은 이 적막을 알면서
왜, 떠나려는 걸까
다시 발길 옮긴다
별들이 마구 쏟아진다
그들이 가을노래를 청할 무렵
음악학원에서 흘러나오는
예전에 즐겨 들었던
닐 다이아몬드의
'솔밭 사이로 강물은 흐르고'
지금쯤 그 강가에도
손수건 한 장 놓여 있겠지

가을 전어

스스로 자신을 뱃놈이라는 친구
바다 구경도 할 겸
전어잡이에 합세했다
다대포 해안에 그물을 치노라니
'날 잡아 봐라' 며
전어들이 물 밖으로 뛰어 오른다
약 오른 친구
이놈들 맛 좀 보라며
그물 안으로 전어 떼를 쫓는다
제 재주에 제 목숨 내어놓은
전어들
두어 시간 끝에 물 반, 전어 반
내가 함께 와주어 재수 좋다나
선창으로 들어오기 바쁘게 몰려든
횟집 사장들
갑판 위에 앉아 맛보는 전어회
혀가 환장을 한다
그 친구, 전어 애비의 보쌈에
끌려갔는지, 한동안 소식이 없다

주정뱅이 가을

창문 너머 즐비한 가로수들을 향해
가을이 먹다 남은 술을 권한다
멋모르고 너 나 할 것 없이
받아 마시더니
얼마나 독한 가을주인지 금세
얼굴들이 달아오른다
햇살이 짙어갈수록 발개지는 온몸
저대로 깨어나지 못하면 큰일이지
무슨 신분으로 왔는지 전깃줄에
걸터앉아 까악까악 우짖는 까마귀들
아니나 다를까
잎들이 하나 둘 떨어져 내린다
까마귀들은 언제 떠나려나!
이 세상보다 더 좋은 곳이 있나 보다
저 와중에 지나가던 참새들의 비아냥
봄이 오면 다시 올 텐데 웬 걱정이람
평생 벌레에게도 순정을 바치지 않은
낙엽들을 고르느라 분주한 길손들
선택된 낙엽들은 어느 책갈피 속에서
동안거를 치를지 부럽기만 하다

마지막 가을비

늦은 가을비에 온몸 떨고 있는
나뭇잎들아!
태어날 때는 죽음을 모르다가
어느 날 갑작스레, 언젠가는
죽을 몸이란 걸 알고부터
두려운 삶을 안고 살아왔겠지

사약 같은 가을비를 마시며
바짝 긴장하고 있는 모습들이
몹시도 처량하다
이 세상 어디 너희들뿐이겠는가
나 또한 너희들처럼 살고 있나니
두려워 말고 자연에게 순종하자

지고 나면 새로운 삶이 기다리고
있음에, 이제부터 벌레구멍 숭숭한
몸뚱이에 미련두지 말고
새 생명 받을 영광의 계절이
다시 오기를 기다리자
아무래도 너희들이 먼저 갈 것
같아, 머리부터 안녕을 고하노라

남도의 늦가을

북쪽 어디에선가 발화하기 시작
진화작업이 불가능한
거대 산불이 남하하고 있다
불길 속 짐승들은 타죽기는커녕
광란의 춤을 춰대고
아직 불붙지 않은 곳에서는
삽시간에 번져 오기를 학수고대
마음 졸이고 있다

천재지변 중, 온 산야를 태워도
뒤끝의 잔재가 없는
만추의 대장정
누가 이 계절을 두고 이별의
계절이라 하는가!
어깨 위에 불티가 떨어지기를
간절히 소망하며
마중 준비를 끝낸 남도의 사람들

산촌의 가을

경운기 소리에 새벽이 깨어나면
온 동네 늙은 농부들의
검게 탄 얼굴들이 대문을 나선다

아침밥 대신 물 한 사발로
낫이며 호미, 자루 몇 개씩 들고
콩밭으로 벼논으로의 종종걸음

설 자리를 빼앗긴 메뚜기들이
감질나게 훼방을 놓더니
허수아비한테 가서 숨겨 달란다

서울도 싫고 명예도 부럽지 않은
산촌 농부들의 해맑은 미소
힘든 줄 모르고 잘도 해낸다

종자 몫으로 미리 매달아 놓은
각종 씨앗거리들이며
부엌엔 장작더미가 잔뜩 쌓였다

남은 가을이 마저 사라지면
동네 농부들 온돌방에 둘러앉아
자식 자랑에 해 지는 줄 모르리

잎새

가을은 낙엽들과 함께
바스락, 바스락 부서져
바람에 쓸려가고
칼집에서 칼을 뽑는 소리
무섭게 들려온다

가을이 가 닿는 곳이
어디쯤인지
못 다 나눈 얘기
마저 하고 싶다만
그가 간 곳 아무도 몰라
가슴 저리네

마지막 남은 잎은 언제
떠나려나
나, 짐이 되지 않을 텐데
함께 데려가 준다면
얼마나 좋으랴

꽃들이 머물었던 자리에
눈이 쌓이면

하얀 밤, 하얀 꿈속에서
그들을 만난다면
남은 얘기, 마저 나누련만

떠나는 가을

가을이 보따리를 싸려 한다
낙엽들도 이판에 날더러 함께
가자고 권하지만
임이 있는 곳으로 데려다준다면
못 갈 리도 없지

가을은 언제나 내 가슴 속을
후벼내는 짓만 하다가
저들끼리 달아나고 말았지
다시는 못 올 줄 알았던 그들
잠시 머문 뒤 다시 떠나려나 봐

한 며칠 까마귀 떼들이 짖더니
가긴 가나 보다
가을이여 잘 가라
가다가 나의 임이 보이거든
돌아가라고 타일러 보렴

술 취한 저녁
그들도 마지막 잔을 들었는지
비틀비틀, 아무래도 떠나기가
아쉬운 모양새다
가거라, 때가 되면 다시 올 걸

가을 끝자락

가을의 끝물인 낙엽들이
입김 같은 바람에도
쉽게 무너져 내린다

아무렇게나 굴러다니는
저 낙엽들이 아니면
가을의 종말을 어이 알까

하나하나 손금을 보았더니
모두가 외부의 침략으로
조아리고 살아야 할 운명

아마, 지금쯤
버티고 있는 나뭇잎들도
찰나에 내려앉을지도

잎들을 보내야 하는
나무들의 한숨소리
가을 서곡이 따로 있던가

그녀 대신

조화는 꽃이 아닌가
오래 머무는 것이 조화造花
나는 그를 임이라 생각하고
목각통에 꽂아
그리운, 그 이의 명찰을 달았지

'장미꽃이여
네 신분은 이제부터 꽃이 아니라
최영숙이라네'

그녀처럼 귀엽고 아름다운
다섯 색깔 꽃들 중
작은 네 송이는
우리가 낳은 귀염둥이들이지

방안 공기가 싸늘해지면
제 체온을 풀어
나를 꿈속으로 인도하는 내 님의 꽃

진작 이럴 걸
그녀의 향기만큼은 아니라도
주야사철 내 곁에 있어 행복하여라

초양에게

오늘 따라 유난히 생각나는
지금쯤 풀을 찾아 떠돌고 있을까

뜯어 먹을 풀이 없어
배고파 울고 있지나 않은지!

내 몸이 온통 초원인데
욕심 채우려다 길을 잃었나

마음 속 가득 자라 있는 풀
그대 아니면 뉘에게 주랴

지금도 기다리고 있나니
시들기 전에 돌아오라, 나의 양이여

사랑 타령

벌거벗은 나무들마다 한동안
잠잠하더니
봄볕에 환장하여
연애질하기 바쁘다

먼 산에 눈 녹고, 봄비 내리면
하루가 다르게
짙어가는 나무들의 사랑
너무 많이 비벼 온몸 새파랗다

꽃을 피워, 벌 나비 불러다가
대리 섹스 시키더니
한 철 잠깐 새끼들 주렁주렁
사랑이 그토록 좋은가

사랑, 사랑 내 사랑이라지만
나무보다 못한 내 사랑
이 열매도 등 돌리고 저 열매도
등 돌린, 버려진 내 사랑이여

꽃밭에서

꽃들이 마음의 행복을
누리게 한다
빈 주머니로 다녀도
그들만 보면 잊으니!

울창한 개나리 꽃밭에서
해 지는 줄 모르고
실낱 같은 행복도 없는 내게
폭우 쏟아지듯
갈 길을 멈추게 하는 꽃들

그들에게 배울 게 많아
수첩에 메모를 한다
필 때부터
질 때까지의 일거일동

매일 봐도 찡그리지 않는
살가운 표정
나비들, 하나 둘씩
꽃밭 위로 포물선을 그린다
한동안 그곳이 꿈속 같기를

뒤안길

먼 길 돌고 돌아 위험스레 멀리 왔네
오던 도중
어린 여동생 둘 아주 멀리 보내고
자식 둘씩과 마누라들 남겨두고 떠난
두 남동생!
이렇게 먼 길 힘들 줄 알고 일찌감치
아주 잘 떠났네
어쩌면 사랑하던 영숙이도 그랬겠지
백발이 무성하도록 이렇게 못 잊는 줄
숙이는 꿈속조차 외면해 버렸는지!
다들 꿈속에서 자주 만나건만
참 매정한 여인
무릎 꿇고 빌 마음 준비가 되었는데도

사랑의 열쇠

사계절 하늘에서 꽃가루가
쏟아진다 해도
나는 내 맘 속
당신만을 믿고
눈 돌리지 않을 거예요

지천에 황금이 깔렸어도
한눈팔지 않고
나는 내 맘속
아름드리 거목 외는
끌려가지 않을 거예요

비록 꽃을 피우는 나무가
아니라 해도
향기가 없는 나무라 해도
나는 내 맘속
당신만 사랑하고 있겠어요

유혹하지 마세요
아무도 내 마음의 열쇠를
뺏을 수 없으니
하늘이 무너지면 어때요
그와 나만 있으면 되니까

숲속 길

한적한 숲속
도토리를 까먹는 한 쌍의
다람쥐가 부럽다

하늘은 숲에 가려
숙이처럼 보이지 않고
계곡물 소리 처량하다

사방 나무들은
잎이 떨어져도 묵묵하다만
나만이 갈피를 못 잡네

이대로 가면 어디에 닿을까
천 길 벼랑을 만나면
몹쓸 생각이 앞설지도

여기저기 꽃을 피우기 위한
춘란들이 행복스럽다
행복!

기다리면 꽃이 피겠지
되돌아가서 기다려 볼까
내게 행복이 올지도 모를 일

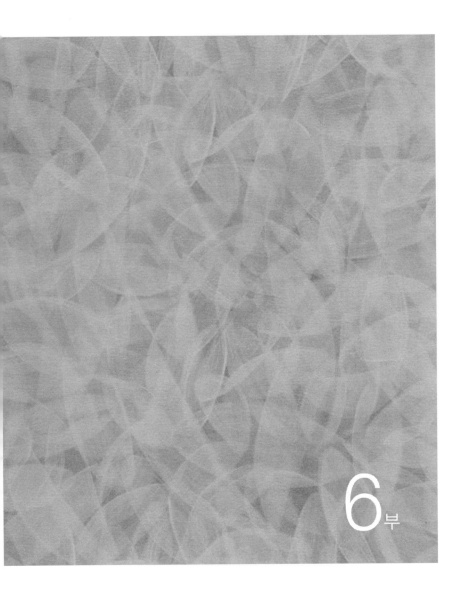

6부

하늘길

네가 있는 하늘로 뻗어 있는 넓은 길
톨게이트 앞에 잠시 멈췄다
차단기 고장일까
수동으로는 어림도 없을 것 같은
숙아!
이대로 되돌아간다면 너와 나
영영 못 만날지도 몰라
어떻게 해서 여기까지 온 길인데
차단기를 뛰어 넘으면
노란 딱지와 신문지상에 내 이름
어쩌고 저쩌고!
요즘 조현병이 만연한다고 했어
가짜 환자로 둔갑해 볼까
집행유예 기간 내에는 꼼짝없이
반경을 줄여야겠지만
혀를 깨무는 일은 자유 아닐까
너만 만날 수 있다면 지금이라도
아니야!
자칫 잘못하면 지옥으로 가는 길
아, 차단기가 올라간다
기다려 보렴, 하늘길은 열렸으나
너도 알다시피 영혼길 너무 멀어

낮은 곳을 향하여

세계에 영토 전쟁이 아닌
물 전쟁이 나면
총 맞아 죽는 자보다
목말라 죽는 자가 뻔하다

앞날을 아는 자는 일찍이
낮은 곳으로 내려와
터를 다듬고
숨을 고른다

낮은 곳에는 물이 마르지
않음이니, 당연한 계산
높은 곳을 탐하는 자들이여
명예가 물보다 값지냐

낮은 곳은 다발적 현상이나
목마름이 없으며
더 이상
추락하는 자 없어 안전하지

새가게

여러 새집 중 유독 눈에 띄는
앵무새 한 마리

또박또박
혼자서 무슨 소릴 하는지

그는 왜 혼자일까
길 가는 사람들께 무슨 소리를!

제 앞에 멈춰 서면 점점
알쏭달쏭한 재잘 김

표정이 어쩌면 똑같이
그녀를 닮았을까

앵무새로 다시 태어났다면
집으로 데려오고 싶다마는

행인들은 영문도 모르면서
왜 손가락질만 하다 그냥 갈까

어떤 기다림

풋감이 홍시 될 때까지
거친 바람
긴 장마에도 굴하지 않고
씨앗까지 남기려는 것은
사람이나 다를 바 없는
판박이

아장아장 걸었을 그때가
지상낙원인 듯
세상을 알고부터
지옥과 극락을 오가는
그렇다
산전수전

씨앗들은 자라
홍시의 아픔을 모른 채
아비의 이름조차 까먹고
제 식구들의 행복에만
도취되어 있는 사이
세상의 아비들은 늘
13월만 기다리고 있다

지팡이 걸음

다리 셋으로 걸어도 나
한 걸음 디딜 때
다른 사람들은 다리 둘로
세 걸음 앞지른다

보도블록 틈새로 돋아난
모진 생명들을 보면서
지나가는 차량들의
번호판까지 읽어가며

예전에는 왜 허겁지겁
여유 없이 걸었는지
천천히 아주 천천히
사방을 살펴보며 걸을 걸

그래봐야 아무것도 남은 게
없잖은가
지긋지긋했던 지난 삶
진작 왜 이 맛을 몰랐을까

지나가는 차, 번호 하나 좋다

이봐라 사고사고
28라 4545, 허 허!
앞선 여자 궁둥이 참 예쁘네

짐

닥치는 대로 할퀴고 가는 바람이여
등 굽은 그리움 하나
할퀴지 못할 바엔
아예 풀잎조차 건드리지 마라

등짐보다 무거운
마음의 짐
산사태 나듯
그냥 무너뜨려 준다면 좋으련

누구에게 맡길까
누가 와서 대신 꺼내 주랴
이젠 숨이 차다
마음까지 꼬부라져 넘어질 듯

이 마음 넘어지면 그땐
콩깍지에서 콩 튀듯
빠져 나가려나
아무려면 어때, 빼내어만 준다면야

종점이 점점 가까워질수록

왜 이렇게 숨이 찰까
도중에서 내릴 수 없는 직행차
멀리 종점의 불빛이 새어나온다

의문

누가 지어 놓고 살다가 왜 어디로
옮겨 갔을까
낙엽 떨어진 나뭇가지 사이에
초라하게 얹혀 있는 빈 둥지
둥지에도 심장이 있는 걸까
비바람에도 끄덕 않는 걸 보면
그럴싸하다
농촌의 심각성에 물든 건 아닌지!
빈 둥지에 낙엽 하나 걸려
깃발처럼 나부낀다
아직 그의 온기가 남아 있는 듯
겨울 참새들이 충전을 하나 보다
잎이 무성해지면 다시 오겠지!
깃털 하나 문패인 양 남겨 놓고
아무도 몰래 왜 야반도주였을까
미세먼지가 둥지를 급습
혹시, 응급실로 실려 갔는지도
비가 내린다
미세먼지가 까맣게 타 내린다

추억의 다방

희미한 불빛 가득 찬 다방
허스키한 DJ의 오만과
광란의 다섯 빛깔 네온!
조선시대 낡은 탁자 위에
가지런히 놓인 화병!
여기서 가져갈 것이라곤
양복 주머니에 담배연기나
꾹꾹 쑤셔 넣어갈 것 외는
허리를 껴안아주는
뒤죽박죽 허깨비도 없고
오늘도 어제처럼 쭈~욱
그어 놓고 가벌릴까
눈치 긁은 DJ의 재치!
안녕하세요, 그냥 모른 척
곁에 앉게만 해 주세요
이 가시나 또 술 취했구나
내일 출항하면 3년 뒤 온다
좋은 데 시집가서 잘 살아라
이 가시나 또 울기는

나루터

비가 올 듯, 말 듯한 지금쯤
나루터에 가면
저마다 뿌려 놓고 간 그리움
바람 불어 한 곳에 모였겠다

아니다!
하늘로 날아가 구름에 섞여
장대비 내리면 물찬 나룻배
가라앉을지도 모르겠다

아무 흔적 없는 나루터라면
한 번 떠난 이들
매정하게 발길 끊은 나머지
사공 혼자 외롭게 지내겠지

오늘은 늙은 사공에게로 가
이런 저런 사연들
마음이 텅 빌 때까지
털어 놓고 싶다

행여 모르니까!

임이 꼭 아니라도 많은 사연
한 배 가득 채워주고 올까
노인은 모두 알고 있을 텐데

곱게 사는 길

연지곤지 분 바르고 길을 나서서
눈짓 한 번 보는 이 없다면
쌓여지는 스트레스에 울고 싶겠지

맞지
그렇지!
쥐구멍이라도 있으면 숨고 싶겠지

심신이 자유스러우면 부담이 없어
맞지
그렇지!

악취 풍겨나는 퇴비를 먹고 살아도
피어난 꽃과 열매들
얼마나 탐스러운가

남들은 호박꽃에는 관심이 없지만
몰라서 그러네
깊숙이 들앉은 정 몰라서 그러네

환한 얼굴에 화장기 없는 면모라 해도
깊이 새겨 보면
그렇지, 맞지!

꿈

그녀의 손목을 잡는 순간
파란 불꽃과 함께
온몸에 전류가 흘러
하마터면 그와 나, 두 몸
한 덩이가 되었을지도

그랬으면!
제발 그래 주었으면
머리통에
헤드라이트가 눈 시리도록
잃은 세월 찾아낼 때까지

비상구가 없어야 하는 건데
탈출하고 말았지
개꿈같이 재수 없는 꿈
아주 미미하게 흐르는 전류
오늘 밤은 둘 다 타 버렸으면

고향 바다

갯가에서 태어나지 않은 사람들은
바다가 몹시 보고 싶겠지만
이 시대
폐기물이 둥둥 떠다니는 바다여서
차라리 보지 않는 게 상책

지금쯤 고향바다라고 다를 게 없어
나는 아예 옛 바다만 가슴에 펼쳐
갯내음 맡으며 소라 고동을 줍는다
어머니는 굴이나 파래를 뜯고
나는 푸른 바다를 보며 꿈을 키우던

한 번쯤은 가 보고 싶다만 보나마나
기대보다 실망이 더 많을 것 같아
포기한 지 수십 년
동네며 뒷산인들 다르랴!
천혜의 바다, 생각만으로 펼쳐 본다

갈치

최상의 세상은 맛보지 못해도
차상의 세상은 맘껏 즐겼다고
아예 후회 없다며
이제 더 바라는 것이 없으니
구워 먹든 삶아 먹든 맘대로
하라며 좌판대에 드러누웠다
저 은빛 주검을 보면 알 터

그의 운명이 흡사 나를 닮아
뒷걸음치다가, 생각한 것이
도둑이 먹으면 도둑으로
선량한 자가 먹으면 그 또한
선량한 자가 될지라
도둑 아닌 내가 사 간다면
그의 영혼들이 기뻐하겠지

갈치 몫까지 살다가
그와 한줌의 재가 된다면
그도 영겁의 안락
나도 영겁의 안락
불량한 자들이여!
영혼이 있는 생명들을
지지고 볶고 난도질 마소서

눈물에 관하여

울고 싶을 땐 미친 듯 마구
눈물 쏟아라
태초 이래
바다는 우리들의 눈물을
한 방울도 버리지 않으려고
울고 싶어도 참아가며
공간을 확보하고 있나니
기쁨의 눈물
슬픔의 눈물
남 눈치 볼 것 없이
실컷 울어 바다로 보내라
바다는 우리들의 침을
하나도 빠짐없이 갖고 있다
저 파도소리를 해독한다면
까맣게 잊었던 추억들
상기시킬 수 있으련만
오히려 모르면 약이 될 수도
답답하면 펑펑 울어라
가슴에 박하바람 일 때까지

발견

바람들을 보았다
천만 가지로
둔갑하는
바람들을

바다에서의 파도
거리 곳곳에서
때로는
머리칼과 옷자락

어느 날 대밭에서
온종일
섹스하다
기절하는 것까지

끼니

조금만 더 익으면 홍시가 되어
저절로 떨어질 물렁한 열매
가난하고 독거노인이라고
생계비며 요양보호사의 도움과
한 주먹이나 되는 약으로
근근이 살아가는 자투리 삶
제대로 걷지도 못하긴 하지만
평생 욕심 없이 살아온 것만은
유일한 재산이라
두 다리 뻗고 누워 있으면
부자가 부럽지 않다
문제는 연휴
요양사가 출근하지 않는 날은
끼니 챙기기가 중노동이라서
허기도 그렇지만
종일토록 얘기할 벗이 없어 탈
긴 잠!
그마저도 복이 있어야 하나 보다

사무실 동네

가을 땅거미 한꺼번에 밀려닥치면
지상은
네온사인으로 부산하고
슬며시 키 줄인 하늘
별무늬 총총 새겨진 천정 도배가
살아서 깜박거린다

삼삼오오 짝을 지은 사무직원들의
손에 손마다 들린 아메리카노
부산 중앙동에만 볼 수 있는 풍경
유독 사무실이 많은 탓이다
여자 없이 장가 못 든다더니
커피를 마시며 걷는 7할이 여자다
보자 하니 주눅 든 남자들
빌딩 골목, 굴뚝들이 되어
담배연기만 부옇게 뿜어들 댄다

돌담길 거닐며

디지털 시대에 아직도 돌담의
체온이 그대로 남아
양반의 거드름과
다듬이 소리
상여꾼 소리
왜놈들의 군홧발 소리까지
눈과 귀를 의심케 한다

십 년이면 강산도 변한댔지
그동안 열 번도 변했을 돌담
담쟁이 넝쿨 사이로
보일 듯, 말 듯한
나 어릴 적 할머니 모습
새야 새야 파랑새야~
무얼 생각하며 부르셨는지

실낱같이 들려오는 가위 소리
어디선가
목줄 달린 엿판 앞가슴에 맨
엿장수 모습
아련아련

고무신 한 켤레에 엿이 세 개
그 날 밤 종아리 실컷 맞았다

진진욱 제15시집

정오의 숲속

•

지은이 / 진진욱
발행인 / 김영란
발행처 / **한누리미디어**
디자인 / 지선숙

•

08303, 서울시 구로구 구로중앙로18길 40, 2층(구로동)
전화 / (02)379-4514, 379-4519
Fax / (02)379-4516
E-mail/hannury2003@hanmail.net

•

신고번호 / 제 25100-2016-000025호
신고연월일 / 2016. 4. 11
등록일 / 1993. 11. 4

•

초판발행일 / 2020년 2월 20일

•

ⓒ 2020 진진욱 Printed in KOREA

•

값 12,000원

※잘못된 책은 바꿔드립니다.
※저자와의 협약으로 인지는 생략합니다.

ISBN 978-89-7969-814-5 03810